괜찮아! 날개가 있으니까

이유정 시집

상상인 시선 056

*본문 페이지에서 한 연이 첫 번째 행에서 시작될 때에는 〈 표기를 합니다.
*저자의 의도에 따라 작품의 보조 동사와 합성 명사는 띄어쓰기가 달라질 수
있습니다.

괜찮아!
날개가
있으니까

내가 사랑한 것들은 대부분 날개가 없었지만
완전한 포옹을 위해서 여기 겨드랑이 한쪽을 남겨둡니다.

1부
아직 별일은 없고 붉은 달도 울음도 그런대로 좋아

2부
너를 사랑하는 방법

3부
작고 작아 아름다운 영혼의 집이 흔들린다

4부
끝까지는 다시 새로운 각오가 필요한 말

1부

아직 별일은 없고
붉은 달도 울음도 그런대로 좋아

매발톱꽃은 피고

우리들 꿈속에
무얼 훔쳐다 숨겼을까요?

별빛 하나 없는 밤
어린 고라니가 울어요

벌써 며칠째

울음에 마음이 걸려서
잠을 이어가지 못하고

꿈을 지키던 개만
오래 짖는

괜찮아! 날개가 있으니까

아침에 천사를 만났어 바쁜 출근길에 묻어와서 내 앞에 툭 떨어졌지 베를린 천사도 이렇게 왔어 그래도 추락하는 표정이라는 게 있었는데

어쩌다 여기까지 와 버렸어요? 존재에 대한 예의라는 게 있어 허리도 다리도 접고 앉아 물었어 대답이 없었어 괜찮았지 어떤 존재가 지상의 언어에 금방 익숙해지겠어

대신 가만히 눈을 들여다봤지 혼돈의 밤을 막 통과해 도착한 길고 긴 여행이 좀 지루하다는 눈빛

안 되네, 왜 안 되지 큰소리로 웃었어 사람들이 쳐다봤지

세상에 어떤 열감지기가 천사의 온도를 읽을 수 있겠어 궁금한 것이 자신의 온도인지 세상의 감응 능력인지 천사는 계속 열감지기를 기다리고

내가 아는 천사는 두 종류야 옷을 입은 천사와 옷을 벗은 천사 신과 다르다면 가끔 인간을 위해 좋은 일도 한다는 정도 자전거를 타고 빵을 배달해도 콧노래를 부

르던 베를린 천사

　날개를 가진 존재가
　사람들과 너무 가까워지면 날개를 잃게 돼

　천사는 천사들이 있는 곳으로 가야 해서 가야 할 방
향을 알려줬는데 바쁜 나를 가만히 잡아끄는 손이 있었
어 너무 작아서 기분이

　좋았지 바닷가로 밀려 나온 작은 조개껍데기처럼 귀에
갖다 대면 사락사락 바닷속 이야기를 들을 수 있을 것
같은

　계단은 사람들이나 익숙해 조심스럽게 내려보내고

　기우뚱 멀어지는 모습이 힘겨워 보여 뒤에 대고 소리
쳤어
　무거워 보이는데 괜찮아요?

　"괜찮아"
　〈

처음 들어 본 것 같은 말, 괜찮아
내가 전혀 쓴 적이 없는 것 같은 말, 괜찮아

* 영화 '베를린 천사의 시'.

백자 철화끈무늬 병[*]

사람이 물건을 닮아가듯
물건도 사람을 닮아간다

오늘은 진흙 발로 네가
탁자 위로 둥싯 달덩이 몸을 눕히고

천년 가는 꽃을 피우고
푸른 학 멀리 날려 보내도

저 흙 담장을
나는 넘지 못하고

    비   비
      비   *비 비비*
   비   *또 비*

비 오는 날에 뻐꾸기 울음

젖은 마음 마르지 않아
나비도 그려 날려 보지만
〈

며칠 전 뜨거운 불길
너는 전혀 모르겠다는 표정

산산이 흩어져 버려지는 것도

아름다운 몸을 얻어 떠난 것도

돌무덤 위로 붉은 뻐꾸기 울음은 쌓이고

쓸쓸한 마음 식히려는지
먼 산 돌아오는 천둥소리

그 얼굴처럼
오늘은

네가 마음을 잡고
놓지 않으니

죽음도 끊어내지 못할
붉은 끈 하나
〈

한끝은 네 목에 두르고
한끝은 내 허리춤에 붙들어 매고

우리 흔들리는 사랑이라도

저 불 건너 다시 만나자

* 작가 미상의 보물.

목화밭 검은 별

별에게는 국경이 따로 없다

고모는 월경하는 불온한 별이었다
어두워 오는 마당에 양은솥을 걸고

젖은 꽃봉오리 몇 개 건네주며
달짝지근하다 먹어보라 했지만

아무리 기억을 우려도
별맛도 기억나지 않는데

검은 씨가 품은 하얗고 슴슴한 맛

겨울이 오기 전 따뜻한 솜이불을 만들어 덮게 해 주시
겠다던
지켜지지 못한 약속도

길고 힘든 날을 마치고 돌아와
밀가루 애호박에 무더운 여름날을 썰어 넣어
펄펄 끓여 내시던 손수제비도
〈

세상에 없는 맛이 혀에 새겨져

수제비 솥 안으로 별들이 쏟아진다

검은 별 터져 솜털이 뭉치고

천년 목화밭으로 떨어지던 별똥별의 기억

태워야 할 것은
전부 불태우고 남은 우주의 씨앗

몇 톨 받아

나는 다시 나의 무릎에 심고

열 시 이십 분

앉은걸음으로 남자가 시계 사이에서 나온다 "벌써 시간이 이렇게 되었네" 인사도 없이 심드렁 돈만 받아 다시 시계 사이로 들어가는 남자

기분이 안 좋나? 일상이 회색인가? 나도 지금 좀 피곤하거든요
벽마다 꽉 찬 시계 둥근시계사각시계큰시계작은시계아날로그시계디지털시계 모든 바늘이

10시 20분을 가리키고 있다

그 간이역 앞에 슈퍼 남자도 다리가 없었다 여름밤 취해서 침목을 베고 자던 중이었다고 했다 다리를 술에 뺏긴 걸까? 꿈에 뺏긴 걸까? 쾌활하게 남자는 담배 아이스크림은 셀프라고 했다 가게에 버드나무는 해마다 가지를 늘려 붉은 기차 소리를 가려주고

어떤 시계는 10시 17분 12초에 멈춰 있었다고 한다

심드렁한 소리, 사람만이 남길 수 있는 소리다

〈

내 어깨가 낮아졌다 공손하게 거스름돈을 받고 "감사합니다" 공손하게 인사를 하고 대답 없이 남자는 다시 10시 20분 밑으로 향하고

딸랑, 가게에 달린 종이 울고
뜨거운 길 위로 나는 나의 시간을 끌고 나왔다 무더위를 무릎까지 감아올리고 걷는다

명옥헌鳴玉軒

고요가 쌓여 울음이 되는지

올려다보는 하늘하늘 가지마다
붉은 꽃입니다

붉은 울음 팔월입니다

오랜만에 소란한 생기가 울긋불긋
맥문동수크령여귀 따라서 붉고

썩은 나무 그루터기까지 자궁 활짝 열고
붉은 울음 왈칵왈칵 쏟아냅니다

흔들흔들 강아지 꼬리에도 붉은 꽃잎 몇 개

모든 붉음을 받아 안은 연못은
세상에 제일 큰 꽃을 피웠습니다

꽃잎 쪼아 먹으려는 물고기들 톡톡 몸을 날립니다
배가 불그죽죽 생명으로 꽉 차
〈

새 울음 곧 터질 것 같습니다

풍경 소리도 붉디붉어
우리도 붉지 않으려야 않을 수 없는데

모두 떠난 뒤에도
환장하게 붉은 울음은 남아

마음 참 아련할 것 같습니다

까마귀 장롱

치마를 들고 세탁소에 간다 겨울 동안 얼룩이 생겼다
옷에는 구겨서 쉽게 던져 버릴 수 없는 기억들이 많다 햇
빛에 동그랗게 펼쳐지는 노란 나팔꽃 같은 치마를 세탁
소 주인에게 내밀자 지울 수 없는 얼룩이라고 한다 치마
보다 더 오래된 얼룩이라고 검은 글씨가 젖으면 붉은 글
이 배어 나온다 거울 앞에 서서 내가 아닌 나를 볼 때가
있다 그 여자 웃을 때 웃음 밑에서 서늘하게 배어 나오
던 얼룩 애써 시선을 비켜 외면하면서도 그 웃음이 좋았
다 마음과 마음이 스쳐도 얼룩이 남는다 버리지도 입을
수도 없는 치마를 들고 와 다시 옷걸이에 걸었다

까옥,
빛나는 모든 것을 수집하는 까마귀처럼

붉은 계곡

핏빛으로 변한 자두가 툭툭 떨어져요 오늘도 계곡에
는 긴급재난 경보가 울리고 눈치 빠른 여우는 귀를 닫고
숨어 버린 숨 타는 정오 비가 언제 올까 점을 쳐봐요 창
을 넘어온 누런 먼지가 목을 찔러요 입을 벌리고 가뭇한
의식 속으로 화르르 쏟아져 들어오는 소리 모래폭풍이
다가오나 봐요 메뚜기 떼가 구름을 숲을 마을을 덮치고
머리가 깨지고 눈알이 튀어나오고 눈알처럼 모래가 쏟아
져 내려요 사랑하는 나의 낙타 아직 갈 길이 먼 나의 낙
타가 놀라 달아나는지 개가 짖어요 개소리도 폭풍에 밀
려 희미해져요 붉은 달이 뜨면 불길하다고 하지요 계곡
에는 고래 힘줄 같은 붉은 달만 불끈불끈 솟아올라요
서기 2500년쯤 되었을까요? 사막 한가운데에서 언제 비
가 올까 점을 쳐요 기도는 잃어버린 지 오래되었어요

백수白岫에 월식

햇빛 알레르기가 점점 심해져 긁다가 눈을 뜨면 방안까지 밀고 들어온 달빛 가려움은 심장까지 파고들었는지 피가 배어나도 긁고 또 긁고 여름은 어디든 빛이 없는 곳으로 달아나고 싶어

오늘은 붉은 달이 뜬대 기대돼 수틀과 수실을 챙겨 꽃수를 놓아야겠어 빛을 피해 어둠과 교우하는 것이 요즘 일이 없는 나의 일이라 불면은 깊어지고 수를 놓는 것은 항히스타민 연고를 마음에 바르는 일이지

빵빵하게 부푼 달에 바늘을 꽂아 지나친 열정은 뽑아내야 해 달이 사라지기 시작해

일종의 비정상적 반응이야. 내가 없거나 빛이 없어야 한다는 소리에 조금 시니컬하게 웃었던가? 어디로 가면 좋을지 한참 생각했어

오늘 밤 상주는 소쩍새 같아 모두 모여들어 달이 사라질수록 울음소리 커지고 웅웅거리는 팬파이프 소리는 조곡 하늘땅이 하나로 연주하는 거대한 조곡 아래 잠든 낮은 지붕들 나도 하나의 음표만 같아 허밍 탄성도 슬

품도 없이

　손가락을 찔렀네 번지는 젖은 꽃잎 몇 개 달은 사라지
고 붉은 그림자만 남았어

　아무래도 내 몸은 빛에 반비례하는 것 같아 아직 별일
은 없고 붉은 달도 울음도 그런대로 좋아

한 꼬마 인디언 두 꼬마 인디언

열 명의 아이가 있네
열은 꽉 찬 숫자 신까지 포함해 열하나

열한 개의 인형이 흔들리네

한 아이 우물 속이었네 자다 눈 떠 보니 우물이었네 뚜껑 닫힌 검은 우물 영원히 어두워지기 전 간신히 빠져나왔네

한 아이 길을 잃었네 붉은 불이 끊길 듯 말 듯 끌고 다니다 밤이 깊어지면서 끊겼네 부모는 잠들지 못했네 일주일 후 엉뚱한 곳에서 발견됐네

한 아이 호수였네 스스로 걸어 들어갈 리 없는 한가운데 단정하게 엎드려 있었네 아직 의식 불명이네

한 아이 계단이었네 내려다보고 있었는데 굴러떨어졌다네 누가 밀었어? 얼굴이 얼굴을 찾아 주위를 두리번거릴 때

나는 신을 보았네
무표정했네

한 아이 불이었네 의자에 묶이고 눈이 가려진 채 친구들은 노래를 부르고 폭죽을 터뜨렸네 미래가 불꽃 속에서 뒤틀렸네

한 아이 거리에 선 채로 당했네 그럴 수 있을까? 그럴
수 있을까? 아직도 못 믿는데

신은 어린 신은
한마디 말이 없는 신은 만족했을까?

점점 어두워 오고 남은 아이들

누구지? 문을 열고 나가면 아무도 없고
이번엔 빨간 박공지붕 펜션이야 멋지지! 불쑥불쑥 문
을 두드리는 소리와 변주되는 슬픔을 기도를 도시를 몽
땅 잊는 거야 밤늦은 아이 울음소리도 밤늦은 피아노 연
주도

등대 불빛만 따라가면 돼, 서둘러! 꽉 막히기 전에 안
개 낀 도시를 빠져나가야지 막내 먹을 약도 큰 애 문제
집도 챙겨

쉿! 조용히
신의 주의를 끌지 않도록

시간 공작소

　이야기를 듣다가 우리를 보고 있는 시선을 느꼈다 둘러보다 마주친 기둥 속에 눈, 나무가 제 안으로 새겨 넣은 빛의 파동, 휘몰아치는 시간 속에 돋을새김으로 빛나는 눈들, 자작나무를 좋아한다 산에서든 사막에서든 크고 검은 눈으로 자작나무는 나를, 제비꽃 한들거리는 봄을 마르고 쇠한 잎 사락사락 떠나가는 것을 가만히 지켜보고, 창문 덜컹거리던 밤, 잠을 뒤채며 내가 보고 있던 것은 무엇이었을까? 단단하다고 믿었는데 시간에는 어떤 법칙도 없었다 한 뼘 자라다 부러져 나가고 한마디 인사도 없이 떠나보내야 하는 순간, 네 손을 꼭 잡고 한 줌 온기라도 쥐어 보내야 했었다 농담처럼 흘린 지킬 수 없는 약속을 후회한다 진액으로 상처를 봉합하고 기다리는 시간, 앞에서 톱날이 돌아가도 감을 수 없는 눈이 뜨이고

　나무의 눈을 가만히 쓰다듬는다

　죽을 때까지 감을 수 없는 눈을
가슴으로 옮긴다

오늘의 날씨

봄비다, 폭우다
동백꽃 무거워지고 개나리 툭툭 젖겠다

여수에 전화를 한다 오랜만이다 수화기 너머로 꽃 많
이 피었냐 물어본다 여전한 목소리로 다 피었다고 한다
꽃도 비도 만개한 납골당이라고 한다 친정어머니 동백기
름 바르고 붉은 동백꽃 화장 중이라고
목소리가 축축이 젖는다

번지는 동백꽃 동백꽃
시립 여수화장장 불 속에
동백

나는 왠지 미안하고 자꾸 미안하고

폭우가 덮치고
부랴부랴 생을 지우고 떠나는 것들

봄날의 은하 관광버스
만석으로 떠나겠다

2부

너를 사랑하는 방법

꿈
- 너를 사랑하는 방법

*좋은 일이다 살도 찌고 좋아 보인다*는 인사에 너는 앓고 있다고 했어 알 수 없는 곳을 향해 우리는 함께 걸어가고 있었지 뽀얀 얼굴에 팔다리도 튼튼해 보이는데, 음식을 먹지 않아야 낫는 병이라고 했어 *별 이상한 병이다 있구나 나을 수 있을 거야 같이 노력해 보자* 장애물을 함께 넘어가는 중에도 너는 들떠서 음식이 오고 있다고 부러웠어 그 나라는 가고 싶어도 못 가 본 나라고 음식은 그 나라 대표 음식이니까 계속 새로운 음식 이야기를 하는 너를 보고 슬펐지 간단히 나을 병이 아니라는 생각에 안 돼 한 모금도 먹어선 안 돼 말리다가 죽은 새가 떠올랐어 사흘을 물 한 모금 마시지 않고 울다 죽은 새 말려야 하나 망설이는데 너는 계속 들떠 기분이 좋았지 나는 마지막 만찬까지 생각하다 너를 끌어안고 대성통곡을 하고 말았는데 투명 관이 들여다보이는 네 속 때문이었어 텅 비어 한 덩이 불길한 어둠이 웅크리고 있는

사실 밥 한 숟가락 못 먹고 잠든 것은 난데 나를 괴롭히는 것들을 어떻게 깔끔하게 없애 버려야 하나,

수렵생활

몸을 접은 노인이 검은 봉지에 콩나물을 담고 있다 거리에 앉아 종일 지켜보다 이제 이불 속까지 끌고 들어갈 준비를 하는 노인 거리에도 우우를 앓는 사람들이 많다

노인의 우우를 조금 산다 이제 내 것이 된 우우 집에도 거리에도 넘치고 넘쳐서 심지어 거북이 배 속에서도 나왔다고 하고 죽은 거북이에게는 어떻게 사과해야 하는지 우우는 빠르게 지구를 돌고 돌아 감탄할 모습으로 늘 새롭게 나타나고

어떤 사람은 죽음보다 더 무섭다고 하고 하기 싫어도 계속 춤춰야 하는 저주에 걸린 것처럼 붉은 신발을 벗어 던져 버릴 수도 발목을 잘라 버릴 수도 없다

지난밤도 잠을 못 잤다 이불 속까지 꿈까지 따라 들어오는 핸드폰이 울렸다 전화를 받아야 잘 사는 것인지 받지 않아야 잘 사는 것인지 다시 자려고 누웠는데 검고 긴 벌레가 머리 위를 빠르게 스치고 지나갔다 벌떡 일어나 찾았다 흔적도 없었다 그 무수한 다리 우우다

〈

바구니를 들고 숲으로 들어갔다는 그 수학자도 분명 우우를 앓고 있었을 것이다 별빛이 내린 이슬을 받아 머리를 감으면 효과가 있을지도 모른다 끝없이 반복되는 숫자들의 마법에서 풀려

왼쪽에 앉은 남자는 그래프를 꺼내 들여다보고 오른쪽에 앉은 여자는 태블릿 PC를 열어 원과 원 사이를 탐색하는 중이다 그러거나 말거나 앞에 앉은 여자는 잔다 검은 마스크에 양팔을 잔뜩

부풀린 검은 패딩, 날개 같다

검은 백조여, 날아라! 여자의 비행에 갈채를 보낸다 봉지를 내려다보는 눈꺼풀 점점 무거워지고

목련의 방향

책상에 나침반을 놓아둡니다
북쪽을 향하게
기울기가 맘에 안 들면
책상을 들어 다시 옮깁니다

북쪽은 신들의 거처
모든 제단은 북쪽으로 놓이고

북쪽을 바라보며 앉아
학을 접습니다

천은 꿈의 숫자지요
뭐, 천 일을 기다리다 목이 잘린 왕비도 있었지만
매일 빵을 뜯어먹는 것은 묵묵한 기다림 아니겠습니까?

학을 접습니다

날고 싶어서

작렬하는 태양을 순식간에 덮치는
검은 구름처럼

〈

수천수만 마리 학의 비행을
상상해 봅니다

아직 작은 바람에도

학은 책상 아래로 굴러떨어집니다

영하 오십 도의 사하공하국
물고기들이 꽁꽁 얼어 바구니에
빵처럼 꽂혀 있던 곳

사하나 사하라는 닮았습니다
극과 극은 닮는다지요

극한의 세계에 끌리는
마음을 끌고

세상의 끝에 서서
세상의 바다가 시작되는 것을
보았으면 좋겠습니다

〈
아직 많이 부족한 나는

사하공화국 먼 곳에
마음이나 놓아 봅니다

이 새벽도
외로운 짐승 하나가

경계에서
울고 있군요

그림자 취향

네 눈을 따라가 본다
초록 인간이 비상구를 달리고 있다

문이란 문은 모두
햇빛이 쏟아져 들어오고

너는 신음소리를 내며 눈을 가린다
고개를 숙이고 주저앉아
신발장으로 머리를 밀어 넣는다

나는 멀쩡한 곳을 손톱으로 긁고 있다

햇빛 알레르기다

내 잘못도 아닌
그 일이 일어났을 때
고모네 벽장으로 숨어들었다
날뛰는 심장을 다독이며
빛이 사라지고 나서야 집으로 돌아왔다

용서받지 않고

용서해 주는 나이가 되자

자주 알레르기가 돋는다

가려움은 통증보다 성가시다

세상이 아름다운 것은 빛 때문이야
마음을 다독여도

자주 가렵고
너는 빛이 없는 곳으로 뛰어간다

밖은

봄빛 봄꽃으로 소란한데
우리는 아직도 무엇이 두려운 걸까?

손을 마주 잡고

찬란한 빛 속으로
〈

두려운 마음 한 번
가만히 내밀어 볼까?

맨드라미

달이 차갑게 기울다

조금 남은 마음 한쪽 들어
허공에 날카로운 날을 세우면

그 모습이
참 맑고도 쓸쓸해

꼭 그 뒷모습 같은데

벼린 날 잡아
밤마다 심장을 내리긋는지

아침마다 서리 위에
붉어지고 또 붉어지는

가을 맨드라미

절절한 시간 속으로
손을 넣어 비비면
〈

먼지 부스러기 같은 기억 속에

또랑하게 검은
맑은 눈물

뒷장

청첩장을 받았다

핑크빛 진주 가루가 섞였다 활짝 만개한 꽃나비는 좀 진부한가 색도 하늘도 꽃은 하얗게 비어 있다 두 번 펼치고 본 뒷장도 비어 있다 긴 이야기 한 편은 들어갈 여백

가장자리를 꽃 그림자가 붙들고

쑥쑥 자라는 몇 개의 자음과 모음이 울음소리와 웃음소리가 들린다 고기가 익고 식탁을 올려다보고 개가 짖는다

복음 닭집 여자는 인상이 좋다 인상이 좋아서인지 목을 잡아 비틀어도 닭은 울지 않는다 펄펄 끓는 물에 목 없는 닭을 넣었다 삐 무심하게 회전통에 던져 넣고 손님을 맞았다

털이 몽땅 뽑히기를 기다리는 시간

끈적한 바람이

산을 타고 불어온다

뒷장은 두툼한 백지 계약 같다

두툼한 것은 그냥 버리기는 아깝고
잔 받침으로나 써야겠다

날마다 여행

고양이 밥을 주고 들어와
알로에를 봅니다

멀고 엄청나게 커서
신비하고 위대해 보이기까지 합니다

마음을 끄는 것은 대부분
아주 높고 멀리 있습니다

어두워지는 여름 해변
멀구슬나무 보랏빛 향기가 퍼질 때
이름이 낯설어서
먼 나라에서 왔다고 해서
달과 별이라도 여행할 듯
즐거운 한때를 보냈는데

알로하 알로하
아프리카 어떤 곳을 향해 인사를 하고
고양이 주인을 생각합니다

오늘은 어떤 곳을 여행하고 있을까?

〈

화면 속에 풍경을 이십 도 방향으로 틀어
먼바다와 항구를 내려다보면 꿈의 풍경이 됩니다

꿈은 현실보다 곱고 아름답습니다
더 크고 더 멋져 보이던 의류 매장의 거울처럼

새로운 여행지는 계속 뜨고
내 지구본은 계속 돌아갑니다

꼬리에 택배 스티커가 붙은 고양이[*]

골목을 달립니다
나는 발송된 지 오래되었습니다 오래가 좀 식상하군요

이렇게 헤매는 것은 주소가 잘못 찍혔는지도 모릅니
다 똑똑한 주인이라면 회사에 이의를 제기하고 나를 찾
아갔겠지요

쫓기다 발목을 다쳤습니다
뛰어내리기도 잘 안될 때가 있습니다
다리를 모으고 가만히 앉아 있습니다

여자아이가 걸어옵니다 죽은 고양이를 안고 무표정으
로 입을 꽉 다물고 걷고 또 걷고 죽은 고양이가 점점 무
거워 오는지 터벅터벅 걸을 때마다 화면이 흔들립니다[**]
고양이가 배달되는 주소를 알 것도 같습니다

각본에는 예고처럼
작은 비극을 따라 큰 비극이 옵니다

여자아이 어깨 위에 올라타고 화면 속을 함께 걷습니
다

〈

가야 할 곳은 얼마나 남았을까요?

* 김승일의 시 「부탁」에서 차용.

** 영화 '사탄 탱고'.

눈은 희고 장미는 붉고

샤샤는 소녀 저격수였다
— 『전쟁은 여자의 얼굴을 하지 않았다』 中

눈이 내려
도시와 거리와 소음을 덮고

나는 너를 생각해

신의 솜씨로 죽음을 배달했다는

교정의 붉은 장미를 추억하는 소녀들
오른쪽 볼에서 왼쪽 볼로 사탕을 옮겨 물고
거울 앞에 서서 하루의 운을 점칠 때

너는 전투복 위로 붉은 목도리만
칭칭 둘러 감았다지

피에 젖은 거리를 응시하는
하얀 저격병의 붉고 붉은 스카프

폐허 속에 던져진
한 송이 붉은 겨울 장미
〈

한 발의 총알은
정확하게 목표를 향해 날고

붉은 꽃잎 몇 장 휘날리고

모르지 어쩌면 그들은 친구가 되었을지도
포크와 나이프 포크와 나이프 부딪히며

모르지 어쩌면 그들은 연인이 되었을지도
모스크바와 베를린 거리 어디서
붉은 꽃다발 들고 빙글빙글 춤을 추고

붉은 꽃잎 위로 슬픈 눈이 내린다

어떤 순간이라도 포기할 수 없는 게 있지

마지막 눈동자에 담긴 것이

이생의 전부라면

감기지 않은 눈으로

올려다본 하늘은

무슨 색이었어?

Over There[*]

주인공도 색깔도 배경음악도 없이

텅 빈 화면이 우리를 끌고
제주도로 간다

마고 할멈의 제주도
어둡고 깊은 저 안개 속에서도

별은 빛날 것이다
별은 빛나고 있을 것이다

아이들이 검은 종이를 앞에 놓고
긁고 있다

검은 안개가 깔리기 시작한다
안개는 모여 구름이 되고

블랙홀을 통과해

막 태어난 바다가
첫울음을 쏟아 낸다

〈
객석까지 하얀 울음 덮친다

놀란 심장이 팔딱거린다

팔딱 뛰던 숨 하나 튀어 나가
새가 되고

새는 의지다

새는 화면 밖으로 날아

사라진다
수평선 너머
멀리 노래 소리

먼 곳에서
새가 고통을 얻었는지

노래는 점점 가까워진다
〈

네가 부르는 노래가

내가 부르는 노래가

* 장민승 감독의 제주도 다큐멘터리 영화.

대설 후

바빠 죽겠구만! 신호를 기다리다, 열지 않아도 될 문을 열고 알려주지 않아도 될 승강장을 알려주더니 빨간 머플러는

겁나 늦어 부렀단 말이요, 돈복이나 있을 것이지, 손님 복만 많아, 손님 복만, 아따 손님 복이 많으면 돈복도 있것제라, 위메, 위메, 오늘 같은 날은 첨이여, 첨, 1구2구3구 다 쏟아져 나와부렀어, 맨날 맹탕인 대신리에서도 다섯이나 올라탔당께라, 징하게 많이들 타 가지고, 장날이었던 갑소, 능주장이요 능주장, 뭔 호박까지 다 타 갖고, 이따 만 해! 호박이, 아저씨 아저씨 운전 조심, 할매가 끌고 올라오지를 못해, 잡아끌었더니, 아따! 참말로, 이따만한 호박이요, 폴아서 차비나 한다고

며칠 쌓인 눈덩이들 왈칵왈칵 쏟아져 내리고
햇빛도 웃음도 한가득 머플러는 징겅징겅 브레이크를 밟고

코를 겨우 내밀고 이리 밀리고 저리 밀리고 숨도 제대로 못 쉬는 노랗게 질린 얼굴 하나
〈

어찌나 많이들 올라탔든지, 내 머리가 다 횅해부렀당께요, 머리카락이 겁나 빠져부렀어라, 머플러 머리는 횅하다 간벌을 막 끝낸 앞산처럼 폴아야 쓸 것인디……. 차비나 해야 쓸 것인디…….

웃다가 사람들은 다들 다른 걱정이다

한참을 기다려 태워 준 머플런데 나도 슬슬 걱정이다
이 호박 덩어리들을 어떻게 한다?

둘레길

오늘은 세계가 참 다정하구나
초여름의 가든파티

아침 햇살을 한 줌씩 쥐고 있다
푸름에 도취한 바다가 거꾸러질 때마다
수국 향기 위에 덧뿌리고

테이블을 옮겨 다니며
바람의 향기를 들이마시는 손가락들

눈을 길게 뽑아 먼 곳을 바라보며
천천히 긴다

지나온 길이 체액으로 반짝인다

이슬과 햇빛 아래 빛나는 길을 보면

잠깐 몸이 가벼워지고 투명해지고

햇빛을 길게 들이마신다
그지없이 아름답고 찬란한 아침

〈

그렇지 않은가, 거미여!
너의 죽음의 그물마저 금빛으로 흔들리는구나

뭐든 당당하게 기다리기 좋은 아침이다

증후군

석교 위를 기차가 달린다 고전적인 석교는 아주 높고 기차는 연기를 길게 내뿜는다

먼 산도 석교도 기차도 잘 어울린다
잘 어울려 의심한다 기차는 과거를 향해 달리던 걸까? 미래를 향해 달리던 걸까?

'아주 오랜'과 '오랜'을 구별하지 못해 모호한 경계를 헤매다 아이가 낸 문제 풀이에 실패했다

이 병은 현대적이다 모호하다 설치류든 조류든 한 종은 다른 종 평계를 둘러댄다 보일 듯 말 듯 손에 잡힐 듯 말 듯 뒤에 숨어 있는 것 아침마다 숫자로 들이미는 오늘의 나쁜 공기

뜨거운 곳과 차가운 곳을 오가다 통증에 무감각해진다 앓고 있는 중일까? 다 나은 걸까? 정상과 비정상은 한 글자 차이 같다 날마다 바닷물에 절여진 기분으로 납작한 하루가 시작된다

흰색 검은색 중 어떤 색을 따라가고 싶어? 검은색을

따라 계속 걷다 혼자 앉아 울었다 꿈이었다 어둠 속에서
는 누구라도 혼자라고 느끼고 모든 색은 다 검게 보인
다

　인터넷에 뜬 한 장의 가족사진 기자는 수식어를 달고
물었다 답은 분명해 창을 닫았다 진짜 가짜가 뒤죽박죽
된 플레이존을 지나고 있는 것 같다

3부

작고 작아 아름다운
영혼의 집이 흔들린다

반사경

안에 구멍이 생겼나 봐
뭔가 계속 흘러 들어가고 있어

지난밤 내내 내가 나를 뜯어먹기라도 했나

지금은 나의 시간
발로 바닥을 밀고 꽉 버텨

오늘은 꽤 요란하고 시끄러운 날이 될 것 같아
검은 망토 행렬이 이어지고
키 작은 여자 쟁반을 들고 따라가
쟁반 가득 장미를 받쳐 들고 돌아올 것만 같아

지팡이가 필요한 곳은
저곳이 아니라 이곳

집에 거꾸로 매달려 휘청거리는 거미 한 마리
바람의 춤을 계속 추어야 하는 고무 인형

엄마가 또 다쳤어 칼로 발가락을 찍었지
하나가 아물면 다시 새로운 상처가 생겨

〈
다 끝났다고 뜯어내면
더 큰 숫자가 나타나는

달력

작은 곳이라 다행이라 했는데

언제부터인가
불행을 작게 작게 포장하는 버릇이 생겼어

진짜 원하는 게 뭐야 물으려다 말았지
엄마들에겐

천국이라고 믿을 곳이 필요하니까

불쌍한 엄마를 천국에 입원시키고
웃으며 손을 흔들고 나왔어

구멍으로 빨려 들어가는 마지막
표정은 어떤 표정일까?

〈

정면은 항상 모호하고
뒤에서 다가오는 불행은 확실하지

삼백 미터 앞 보성 벌교 방향 우회전입니다
탱크로리보다 더 큰 내비게이션 소리

이 상황도 곧 종료될 것만 같아

유리나방의 집

작은 바람에는
작은 바람만큼
밀려줄 줄 아는 집

주인 혼자 뼈대를 세우고
살을 이어 붙이고
쌓고 또 쌓은 집

갈증 나면
시간을 갈아 마시고

배가 고프면
제 몸을 조금씩 뜯어
허기를 채우는 집

외롭다는 말도
힘들다는 말도

한 마디 없고

눈물 한 방울

내보이지 않는

작고 작아 아름다운

영혼의 집이 흔들린다

여름을 위한 레시피

여름은 까다로운 계절이다

채소도 과일도 맛을 짐작할 수 없다

계산대에 서기 전에 한 번 망설이고 계산이 끝나도 또 망설이고 집에 닿자마자 칼과 도마부터 챙긴다 잘 고른 수박은 여름이 즐겁다 도마나 칼에 묻은 이물은 맛을 잡친다 눈으로도 코로도 맛을 본다 수납공간이 넉넉하다면 즐거운 여름을 위해 수박을 위한 공간을 따로 마련하시라 벌레들에게 달콤함을 뺏기지 않으려면 여름 내내 진득거리는 마루에 눕고 싶지 않다면 넓고 넓은 쟁반도 준비하시라 쟁반 위에 수박은 어딘지 두상과 닮아 보인다 소설 속 한 장면이 떠오르지만 실습용 두상이라고 생각하자 머리를 망쳐도 따귀를 날려도 계속 웃기만 하는 두상 완벽한 실습용 자세다 한 덩이에 담긴 모든 색을 보기 좋게 썰어 내려면 사각 썰기가 하얀 사기 접시와 어울린다 한입에 쏙 들어갈 만큼 수박스쿱을 쓰는 사람도 있지만 스쿱은 싫다 원 속에서 원을 떠낸다는 것은 어딘가 불안전하다는 느낌 혀가 여러 번 스친 아이스크림 맛 붉은 여름을 찍어 올리는 데는 직선으로 쭉 뻗은 시원한 포크가 맞춤이다 하얀 모시 받침이 받쳐 준다면 더 할 수 없이 흐뭇하겠다

〈

이것이 여름을 완벽하게 즐기는 방법이라면 방법

　참 작은 접시도 필요하다 없다면 손바닥에 대고 퉤퉤 뱉어내는 수밖에 살아있음의 혹은 살았음의 끈적임과 진득거림

　갑자기 튀어나오는 억 소리와 함께
　나의 여름은 무릎에서 튕겨 날아가고

루루

　빈집 옆방에서 혼자 밥을 먹어 카레를 먹어 토마토와 매운 고추가 많이 들었지 얼린 치아바타와 같이 먹어 이 차아바타는 씹는 느낌이 별로야 치아바타도 식빵도 건빵도 아니고 냄새를 맡고 기어 온 개미를 짓뭉개 죽여 뭉개진 개미가 꼼지락대다 실뭉치처럼 돼 실뭉치를 보고 컹 한번 짖어 외로워서 빈집에 살던 여자와 개를 생각해 여자는 혼자 살았고 큰 개를 길렀어 인도견이라고 했지 혓바닥이 젖가슴만큼 늘어지는 여름이면 물놀이를 좋아했어 작은 대야에 들어가 그럴 때는 기분이 좋아 보였지 들으면 즐거워지는 이름이야 루루 루루 날이 밝자마자 이사 간 집에서 루루와 여자는 안녕할까? 창을 열면 누런 눈빛으로 물끄러미 나를 지켜보고 있던 루루 새끼를 길러 본 적도 낳을 수도 없다고 했지 이상한 카레와 이상한 치아바타를 함께 먹다 창밖이 붉어지는 것을 물끄러미 바라봐 멋진 산책을 기대했는데 창 안에서만 뱅뱅 돌았어 오늘의 그릇은 말끔하게 비워지고 배가 불러 내일은 근사한 치아바타를 먹을 수 있을까? 내가 내일을 생각하는 것이 좀 이상하지만 내일은 안부 전화라도 해야겠어 루루에게

물고기 대가리

저 볼품없는

탕 그릇 바닥에서
마지막 한 점까지 모조리 우려내
젓가락을 대면 소리 없이 흩어지는 것
덩그렇게 혼자 남아 있다

숭어의 봄은 파도를 박차고 튀어 올라야
제맛이다

주인은 대가리 속으로
손가락을 푹 찔러 넣어
날뛰는 숭어를 제압했다

어쩌다 여기까지 흘러왔는지
알고는 있었을까?

물속에서는
울어도 눈물이 보이지 않는다

문밖에 베트남 여자

장어 대가리를 송곳에 때려 박고
알아듣지 못할 말로
쭈욱 껍질을 벗긴다

흰 수건으로 대가리를

가만히 가려주는 사람도 있었다

물속에서도 벌컥벌컥 숨 들이켜 살아야 하는
형벌 같은 생을 끌고

오직 앞만 보고 살아온
볼품없는 대가리에
누구도 값을 부르지 않는다

죽음 앞이라고 감았을까

탁, 내려치는 칼날도
눈 벌겋게 뜨고

먼저 받던 대가리가

〈
허물어져 내린 채
다시

생의 바다로 향하고

두고 간
눈알 하나 들고

나는 나를 돌아본다

동전

땡그렁 손에서 빠져나온
동전 하나가
침묵을 깨고 구른다

유쾌한 반란이다

옆으로 서서 뱅글뱅글 돌다
- *저건 춤의 자세!*

방향을 정했는지
다시 구르기 시작한다

손은 포기하고 떠난다

자유다

옆으로 구르는 동전은
이쪽저쪽이 아니라
무수한 방향이 생긴다

방향을 바꾸며

동전은 계속 굴러가고

가끔은 옆구리로 서서
뱅뱅 돌아볼 일이다

월산 공원식당

일단 의심을 접고 들어가세요
위로 향하는 계단은 길어요

검은 앞치마를 두른 여자가 긴 빗자루로
검은 계단을 쓸어내릴 때가 있어요

그러면 예고도 없이 어두운 비가 퍼붓고
다시 해가 눈부시게 빛난다면

기대하셔도 돼요
하얀 구름 위의 식사를

하얀 머리 남자가 기다리고 있다
주방을 향해 소리칠 거예요
아버지, 오리 두 마리요

안심하세요 칼은 아직 멀고
당신 목은 아니에요

젖은 날개를 다소곳이 털어내고
소파에 등을 대고 걸치고 앉아

짧은 다리를 흔들고 있으면

하얀 머리 남자가 차를 내옵니다
세상 온갖 것으로 담근 약차지요

몇 잔 마시면

퇴화한 날개 밑이 근질거리고
거짓말을 거짓말인 줄도 모르고 했다면
진실이 툭 튀어나오고

참을 수 없는 일은
더 이상 참지 않아도 된답니다

구름 식당에서라면 충분히 가능한 일

모두 떠난 다음에도 노래는 남아

흘러나오는 노래가
우리가 한 번은
만났을 것 같다는 생각이 들게 하고

〈
그리운 얼굴들 하나둘 소환해
흘러가는 물길을 거슬러 오르다

문득 둘러보면

구름을 후광처럼 두른 사람들이
검게 늙어 보일지도 몰라요

그건 정말 조심해야 해요

귀산댁

　그림자를 사랑하는 여자가 있었네 바닥만 보고 다니다 귀를 그림자 사이로 밀어 넣고 그림자들 이야기를 가만히 들여다보기도 했네 한 번은 지나가는 나를 부르더니 오래된 무대로 데리고 갔네 아름다웠네 잔디는 파랗고 백일홍 짙은 꽃잎 살랑거리고 그네가 혼자 흔들리고 있었네 나는 그네에 앉고 여자는 그림자들을 하나둘 불러냈네 잔칫날 같았네 무대는 담장을 넘어 멀리 보이는 들판까지 넓어지고 나는 계속 그네를 흔들었네 안방에서 기침 소리가 들리고 여자는 탕약을 들고 들어갔네 요강을 들고나왔네 그네는 삐걱거리고 여자의 부지런한 걸음을 따라 그림자들은 자꾸 빛바래갔네 아름다운 색깔도 모양도 희미해지고 만지는 손가락마다 먼지 같은 미늘이 묻어났네 이제 도무지 색을 구분할 수 없게 되었다고 여자는 잔꽃처럼 웃었네 그래도 여전히 그림자들이 사랑스럽다고 밤마다 그림자들을 안고 덮고 잔다고 했네 그네에서 내려온 지 얼마 지나지 않아 여자가 사라졌네 한낮의 나방처럼 여자가 여자의 그림자들 속으로 들어갔는지 다른 사람의 그림자가 되어 움직이고 있는지는 알 수 없지만 그때부터였네 보이지 않는 뭔가 계속 나를 흔들고 성가시게 하네

변주

그 집에는 소리가 들린다고 해
구름 낮은 밤 새소리만 겨우 문살을 넘어올 때

눈이 내릴 거라고 악기 줄마다 매여 있는 짐승들 가르
랑대고
징을 든 남자 짐승들을 달래, 불빛 아래로 바람 조금
씩 휘몰아치고 바람 속으로 눈 풀풀 날려, 고삐에서 풀
려 난 흰말 떼 서로의 체온에 기대 숨을 고르고, 한쪽 다
리를 저는 여자 아궁이 속으로 생솔가지를 밀어 넣고

매운 연기를 잡고 일어서는 불길

징 소리 말 떼를 몰아, 바람 속을, 휘도는 바람 속을
바람보다 빠르게 달리는 말발굽, 눈보라 말 등에 올라
채찍을 휘두르고, 밤의 눈동자 속을 가로질러 날아가는
흰 말갈기, 자진모리, 휘휘 휘모리

생솔가지를 타고 일어서는 불꽃
시간을 태우고
담장 안의 넋들 풀려 날아
〈

문둥이 살처럼 징을 뭉개고
남자의 소리 세상으로 가

상처들 세상을 날아

흙벽에 귀를 대면 그 소리 가끔 들린다고 해

거미의 집

   우편물에 검은곰팡이가 앉았다 사라졌다 그 세계가
궁금해 녹슨 창을 열어 보면 단수 단전 안내고지서 서둘
러 떠났는지 반만 닫힌 안방 문 어둠 속에 웅크린 기억
의 세계로 들어가면 들릴 듯 말 듯 속삭이는 소리와 웃
음소리 희미해지는 마루에 걸린 온도계는 아직 나날의
온도를 체크하고 어느 날은 누가 찾아들었는지 개다리
소반 하나 마루에 다리가 셋 유기견 한 마리 먼지 속에
오래 앉아 기다리고 담장 너머 엿보던 내게 오디 한 줌
을 내밀었다 오디는 달았다 몇 장의 사진으로나 남아 있
을 그 세계가 그런대로 마음에 들었는데 어디서부터인지
푸른 거미들이 나타나 단단한 거미줄을 풀어내기 시작했
다 푸른 거미줄은 기억의 세계를 친친 감았다 작업은 느
리고도 빠르게 이뤄졌다 붉은 지붕까지 내주고 독하게
들 산다! 밤늦게 지나다 냄새를 맡은 적 있다 향기로웠
다 짐승 냄새는 없었다 거미의 세계도 그런대로 괜찮았
다 그렇게 한 왕국이 쓰러지고 다른 왕국이 세워지나 싶
었는데 폭설이 끼어들었다 폭설은 기계보다 난폭했다 두
세계가 동시에 쓰러지고 푸른 거미의 왕국도 한동안 동
요하는 듯 보였는데
   〈

금 간 틈으로 비명처럼
붉은 동백 몇 송이 터져 나왔다

취꽃

작은 소금꽃 세 송이

너무 작아서
화려한 꽃의 계절 속으로
가엾게도
내일이면 흔적도 없이
사라져 버릴 것 같아

꺾어 들었다

생각 없이 주물러 만든 화병에
생각 없이 꽂았다

옹달샘 맑은 숲에서 바람 한 줄기 일어나
거실을 통과해
가슴까지 맑아졌다

생각 없음을 반성하고
다시 꽂았다

볼품없는 화병에

그저 그런 꽃

힘주어 생각하면
안 되는 것들이 있다

얼음 위에 발자국

북극보다 더 춥다네 얼음에 갇혀 꿈에서 깨고 북극곰을 생각하고 사람들도 더러 죽은 며칠이었습니다 그 사이에 물 위를 딛고 다닌 발자국이 있습니다 채 얼음 녹지 않은 저수지 가장자리 길게 갈라진 발자국 꽤 여러 마리입니다 뒤척이는 새의 잠을 얼핏 들은 것도 같습니다 밤늦은 늦가을의 저수지 뿌연 불빛 아래 높은 가지에 남은 감 몇 개 언제쯤 떨어져 내리나 불안한 마음으로 지켜볼 때 그 소리 들었습니다 물고기도 날기를 꿈꿀 것입니다 검은 날개에 차여 높이 올라갔을 때 날개를 가지면 상상 이상이 가능하겠지요 살아 있는 모든 호흡 하얗게 엉키고 산도 물도 사람의 마을도 하얗게 얼어붙는 밤 맨발로 물가에 서 있던 것들은 그 모습 보았을지도 모릅니다 바닥 깊은 곳에서 웅크리고 웅웅거리다 (그 소리도 들었습니다 죽음이 가까이 있는 소리인 줄 알았는데 삶이 가까이 있습니다) 세상이 얼어가는 소리에 날개를 펼치고 날아오른 새가 얼어가는 물 위에 발을 올리고 긴 목을 뽑아 북쪽산을 쪼아대다 어둠을 따라 다시 물속으로 사라지는 것을

밤새 시끄럽던 소리
새가 북쪽 산을 쪼아대는 소리였습니다

〈

그래서 바위가 깨지고

봄이 오고

산에 산에 피는 모든 꽃들은
물을 향하는지도

수국이 자라는 아침

내 앞에 서면 아무나 잘 울어
꿋꿋하게 잘 버티며 걸어오다가도

머리 위에 검은 구름에 관해 묻거나
붉은 눈시울에 관해 물으면
으허엉 소리 내 울 때도 있어

그럴 땐
나도 흔들리지만
가만히 있어

장점이라면 장점이지

귀를 활짝 열고
하얀 눈물받이를 준비하고

기다려

눈물엔 검은색보다 흰색이 잘 어울리지

흰색이라면 어떤 색이든

다 닦아낼 수 있을 것 같아

기다려

눈물이 그치고

말이 주절주절 시작되기를

말은 마중물이야
밑바닥이 가라앉은 채
웅크리고 있는 것들을 퍼 올려
보여 주지

난 가만히 받고 있다

말이 끝나고 사람도 떠나면
아무도 모르게 싸서
내 속으로 던져 버리지

해가 뜨고 바람이 불면
눈물은 마르게 되어 있어

〈
그런데 어떤 말들은
이상한 힘이 있어서
따라 올 때가 있어

엄마가 보고 싶다고 우는데
울컥하잖아

엄마라는 말 때문인지
보고 싶다는 말 때문인지
붉은 심장을 가진
엄마도 없었으면서

눈물도 전염되는 거냐고?
그럴지도 몰라

눈물은 눈물끼리
한숨은 한숨끼리

슬픈 것들은 왜
자꾸 내게 모여들고

〈

조금 전에도 기대고 울더니
그냥 가네

이유도 말하지 않고

그럴 때가 있겠지?

사람으로 살다 보면

4부

끝까지는
다시 새로운 각오가 필요한 말

바다 터미널

조금 비켜주더니 통화를 계속해 여자는 베트남인지 태국인지 더 먼 곳인지 모국어를 모르지만 이해할 것 같아 낮고 느리고 점점 길어지는 침묵

여자가 울어 뚜껑을 꼭 조인다고 조여도 흘러나올 때 있잖아 캐리어 사이에 몸을 숨기고

화단에 화초들은 다시 심었지 햇빛도 빗물도 없는 곳에서 무슨 힘으로들 견디나 몰라 진짜가 꼭 가짜처럼

이상한 곳이야 이곳은, 무슨 결심이라도 한 듯 표정들이 단단해 달콤한 커피를 들고도 웃지 않아

낮은 울음은 낮은 곳으로 흘러 발이라도 젖어 들어가는 듯 점점 초라해지고 난감해 귤을 집어 까먹어 귤은 둥글고 잘 굴러가지 작은 소리로 울 수 있는 사람은 분명 착한 사람일 것이고

저 문이 출구가 될지? 입구가 될지?
〈

귤을 집어 건네 *이렇게 작은 손도 있었구나!* 하얗게 소금꽃이 일어나는 손, 한번 본 적 있지 작은 섬에서 사람들 찾던 중이었어

아름다운 곳에서는 아름답게 살 거라고 생각하는 때가 있지

세 개를 주었는데 작은 손바닥에는 달랑 작은 귤 두 개 또 미안하고 사과하고 싶은데 난 사과의 말도 몰라

캐리어들 밀려왔다 밀려가고 어떤 사람들은 즐거웠다고 말하고 떠나는 곳 붉은 불이 깜박이고 여자가 음악을 틀어 볼륨을 낮춰서

***

그날,

우리는 부두에 앉아 있었어

노을이 마지막 빛을 거두어
사방은 어두워 오고

섬을 돌고 온 불길한 소문처럼
파도 소리만 막막할 때

검은 손톱 길 하나 길게 남기고

마지막 배는
섬과 섬 사이로 멀리 가고

먼저 자리를 털고 일어난

네가 말했어

꽃 피고 지는 사이

있다있다있다
embryoembryoembryo

검은 점이 살아 움직인다

양수 속에서
손가락을 빨고 놀다
헤엄치며 놀다
울음도 없이
봉인을 깨고
불안한 세계 속을
꼼지락꼼지락
헤엄치는

저수지 물가에
꽃잎꽃잎꽃잎

끝없이 포개지고
끝없이 지워지고

그 사이에 끼어 버린 몸

〈
빠져나가고 싶어서
꼬리를 흔들고 흔들어도

멀구슬나무 해변

그녀에게 긴 꼬리가 생겼다
어두운 해변 멀리 갔다 돌아오고 있었는데
꼬불꼬불 긴 꼬리가 따라왔다
사뿐사뿐 걸어오던 그녀는
한 손으로 꼬리를 잡고 뱅뱅 돌렸다
꼬리는 뱅뱅 돌고
우리는 살짝 뛰어 봤다
뛰고 뛰고 또 뛰어 봤다
모두 다 들어가 하나, 두울, 꼬리에 꼬리를 잡고
달도 구름도 들어와 뛰는데
누군가 *인제 그만 꼬리 쳐* 하는 소리에
그녀는 까르르 웃더니
꼬리로 커다란 하트를 만들었다
하트를 들어 하늘에 걸었다
모두의 소원이 다 이뤄질 것 같았다
그러고도 꼬리는 남아
꼬리를 잡고 우리는 계속 노래했다
노래는 노래로 이어지고
꼬리는 계속 자라
그녀는 꼬리에 달린 꽃방울처럼 보였는데
술이 깨자 해변 가득 보랏빛 향기가 날리는

멀구슬나무였다
찰칵, 그녀를 붉은빛 가득한
사진 속에 가두었다

상원사에서

비로자나불!
대웅전 마당을 쓸고 있다

발바닥 손바닥을 받들어
정갈하고 고요하게 바치는 빗자루질

깊은 산 계곡은
걸음마다 어두워지고

범종도 묵언에 들어
절밥이나 얻어먹을까 묻는데

비로자나불!
수화로 대답한다

넓은 마당이 다 듣는 소리에

놀라서

시끄러운 마음들
대 빗자루 앞에 얌전히 눕히고

〈
빗자루질 한 번에 탑돌이 한 번
빗자루질 또 한 번에 탑돌이 또 한 번

잡풀 몇 포기 뽑아 올리고

오직 한 방향으로

한끝을
한 처음이
오롯이 받아

반복에 반복을 거듭하는

천 배

깊은 산과 깊은 산
사이

빛 조금 남은 하늘은
〈

서쪽을 향해
황금빛 구름고래 한 마리
날리고

그대의 섬

이 꽃 지면 가려나

그대는

어둠에 묻히는 창밖으로

거미줄 하나

그 한가운데

거꾸로 매달려

미동도 없이

십일월 노을

바라보고 있는

검은 거미 한 마리

블루

창 너머는 화창하게 좋은 봄날
핑크색 가방에 핑크색 옷 핑크색 핑크 핑크
카메라가 터지고

창 뒤에 서서 조용하게 블루를 찾는다

페르시안 블루가 좋았다
까맣게 진해지는 여름밤 하늘을 올려다보고
사막의 새벽 오래 앉아 페르시안 블루를 기다렸다 건
조한 어둠과 건조한 하늘과 건조한 장미와 건조한 별 별
들 아래
어떤 블루는 나와 멀다

그는 자신의 블루를 찾아 검푸른 물속에 손을 집어넣
었다
다시 꺼냈을 때는 청동의 푸른 손이었다 청동의 손이
스치면 흰색은 푸른색으로 바뀌었다 그 푸름은 땅과 바
다 물불이 합쳐진 푸름이었고 그 색을 온몸에 대고 탁탁
털어 널며 그는 웃었다 삭고 뭉개지고 구워지고 바스러
져 버린 색 기다리고 기다리던 아이 울음처럼 긴 시간 기
다린 색

〈

빛과 바람의 마지막 작업을 지켜보며
그의 블루가 마음에 들었고 아름다웠지만
나의 색은 아니고

나는 차가운 북쪽
바다 빛깔이 좋다

셀카

한 여자 끈을 푼다
끈은 슬슬 잘 풀려나와야
일을 아름답게 마무리 짓는다고 믿는 여자
서두르다 뭉치고 엉킨 긴 끈을 놓고
서로 물고 뜯고 흔들어 대는 길고 긴 끈을 놓고
당장에 믿을 거라곤 손발뿐이라
철퍼덕 주저앉아 끈을 푼다
꽉 물린 매듭 하나 간신히 벌려
길게 원을 늘이자
원은 올가미 같아 보이기도 해
머리도 한번 넣어 볼까 생각하다 웃는다
아직 그렇게 나쁜 상황은 아니다 그렇게
한쪽에는 뭐든 덥석덥석 물고 흔드는 사나운 주둥이
들을
한쪽에는 순해진 끈을 둥글게 말아 들고
쉴 줄 모르고
백 번을 왔다 갔다 하면
백 개의 매듭을 풀 수 있다고 믿는 여자
반복에 반복을 거듭하다
손목을 따라 눈까지 뱅그르 돌고
손목이 없다면 일이 더 수월할까

생각에 생각을 거듭하다
돌아보고 풀어놓은 끈이
다시 엉키고 있는 것을 보았다
하소연이라도 하듯 하늘을 올려다보는 여자
자기가 만든 미로에 갇힌 여자
아직 끈을 풀고 있다

카일라스 가는 길[*]
– 낙타

사막,
마른땅이나 걷는 줄 알았지요
낙타는

알타이 산꼭대기
낙타 두 마리

눈꺼풀까지 얼어붙은 눈으로

다시
짐 받아지고

그 위에
폭설에 대설주의보까지 지고

하얀 절벽 길을

눈이 먼 채
더듬더듬 내려가는

* 영화.

122

카일라스 가는 길
– 오지

물동이를 든 여자들과 아이들
삽화 속으로 들어가네요
자갈과 모래의 땅
흰 자작나무 숲은 가을이 와
황금빛으로 흔들리고
덤불 속에는 붉은 열매 익어가요
햇빛도 익어 톡 톡 떨어지는 계절
작은 아이 하나 책을 펼치고 앉아
자작나무를 지나 나무다리를 건너
계곡으로 향하는 여자들
사막 맑고 맑은 물은 어디서 오나?
자작나무에 이는 바람보다 더 맑은 물
삽화 속으로 들어가
아이에게 사막 언어를 배우고
맑은 물에 옷 빨아 입고

영화 밖 어둠 속으로 다시 나서는

발가락 탱글링

전원을 넣으면
사각형 안에 우주가 뜬다

저 별들의 신호를 잡아
나의 패턴에 넣고 싶다

자연사 박물관에 매머드들
어두운 운명을 빠져나오지 못하고
검은 눈보라 속을 걸어가고 있었는데

검은색과 흰색의 세계를 헤매다 보면
나도 매머드가 된 것 같다

깊이도, 넓이도 없네, 심심해, 재미없어
너는 신화 속 옷 이야기를 하고

책상 아래로 손을 넣고 나는
패턴도 아닌 패턴을 계속 그리고

사각형도 원도 아니고
직선도 곡선도 아니고

실패한 선은 모서리가 많다

은근히 아프다

사람들은 가볍고 경쾌한 것을 좋아해

분홍 코끼리처럼

매머드를 분홍 코끼리로 만들려다
발이 퉁퉁 붓고 말았다

습하고 어두운 곳에 갇혀 있던
발을 꺼내 빛 속에 세운다

정진精進하기 위해 세운 깃발 같다

오늘은 발의 자유

해바라기 사이를 걷게 하고
흰 구름 사이를 걷게 하고
〈

그래도

아쉬운 마음에 휘휘 휘둘러본다

발을 믿는다
머리와 가장 멀다는 이유로

모니터 전원을 내린다

물고기와 장미

우산을 쓰고 헤엄치기 좋은 날이다
같은 방향을 향하는 물고기들

쇼윈도에는 스팽글을 단 초록 드레스 멋지다
저 옷을 입고 사거리에 서서 아리아를 불러보고 싶다

물고기는 발성 기관이 없어
없는 게 아냐 아무도 노래를 듣지 못할 뿐
물속에 집중하고 있는 왜가리를 봐

내 지느러미도 초록색으로 바꿀 수 있을까

선택할 수 있다면 물고기보다 호랑이
약간의 비애를 품은 강렬한 눈빛에
언제 무엇이든 찢어발길 송곳니

네 고양이는 나를 호의적으로 바라봤어
절대 발톱을 세우지 않을 것처럼

연못이 심심할까 봐 물고기를 길렀다고 했지
물고기 모두 사라지고 없을 때, 어땠어?

***

장미원으로 갈 거야

이 거리를 지나 천천히
꼬리를 흔들며

너무 가까이 가
가시에 찔려도 상관 안 해

오늘은 그런 날
고통이 고통인 줄 모르는 날

장미원은 접근 금지네

혼자 피고 혼자 지는 장미들

찬란하게 발화하던 모든 빛깔이
하나의 언어로
〈

병원을 나서서 빗속을 달려오는 아이도
곧 알게 되겠지

물고기는 시들지 않아
그냥 사라지지

바보들, 그래도 끝까지 가 봐야 했어

끝까지는
다시 새로운 각오가 필요한 말

카메라 옵스큐라

고음으로 짧게 단순 명료하게
아침이 온다

악몽에서 튀어나온다

하이톤으로

창문을 통과한 빛
거실에 닿아

탁자 위에 물병이 길게 늘어난다
유리컵
움찔한다

어둠 속에 오래 잠긴
사색 깊은 우물처럼

불면 속에

푹 파인 크고 깊은 눈
꼭 다문 입

〈
바늘구멍 사진기 하나가

하이!

오늘 아침이
나의 아침이 아닌 것처럼
조금 유쾌해지고

빛을 따라 먼지들 춤을 춘다

봄날의 은하 관광버스에서

박순원(시인)

　열심히 시를 읽고 노심초사 시를 쓰던 시인이 홀연 우리 곁을 떠났다. 나는 그 사실을 잊고 '시'만 읽고자 하였다. 결과적으로 실패했다. 이 시인과 이야기도 눈길도 더 이상 함께 나눌 수 없다는 사실만 거듭 환기될 뿐이었다. 즐거웠던 일 서운했던 일 모든 순간순간이 회한이 될 뿐이었다.

　봄비다, 폭우다
　동백꽃 무거워지고 개나리 툭툭 젖겠다

　여수에 전화를 한다 오랜만이다 수화기 너머로 꽃 많이 피었냐 물어본다 여전한 목소리로 다 피었다고 한다 꽃도 비도 만개한 납골당이라고 한다 친정어머니 동백기름 바르고 붉은 동

백꽃 화장 중이라고

목소리가 축축이 젖는다

번지는 동백꽃 동백꽃

시립 여수화장장 불 속에

동백

나는 왠지 미안하고 자꾸 미안하고

폭우가 덮치고

부랴부랴 생을 지우고 떠나는 것들

봄날의 은하 관광버스

만석으로 떠나겠다

- 「오늘의 날씨」 전문

   시인이 있던 자리에 우리가 있고, 시인은 이미 저편으로 건너갔다. 매일같이 고개를 숙이고 시를 쓰고 고치고 다시 쓰고, 고개를 들어 주위를 살피며 감각과 사유를 벼리고 벼리던 시인이 사라졌어도 세상은 미동조차 하지 않는다. 장례식장에서는 장례식도, 화장장에서는 화장도 일상일 뿐이다. 납골당에서는 납골도 한 칸일 뿐이다.

시인은 "번지는 동백꽃 동백꽃"이 폭우 속에 떠나듯,
"부랴부랴 생을 지우고 떠"났다. 날이 개자 무슨 일이
있었냐는 듯이, 나는 '만석' '은하 관광열차' 속에 자리
를 차지하고 앉아 봄나들이를 가고 있다. 우리가 매일
매일 겪는 '오늘의 날씨', 이 무심하고 평범한 말이 너무
쓸쓸하다. "왠지 미안하고 자꾸 미안하고", 시인은 그때
자신이 있던 자리에서 지금 내가 있는 자리를 정확하게
예언하고 있다.

　　청첩장을 받았다

　　핑크빛 진주 가루가 섞였다 활짝 만개한 꽃나비는 좀 진부
　한가 색도 하늘도 꽃은 하얗게 비어 있다 두 번 펼치고 본 뒷장
　도 비어 있다 긴 이야기 한 편은 들어갈 여백

　　가장자리를 꽃 그림자가 붙들고

　　쑥쑥 자라는 몇 개의 자음과 모음이 울음소리와 웃음소리
　가 들린다 고기가 익고 식탁을 올려다보고 개가 짖는다

　　복음 닭집 여자는 인상이 좋다 인상이 좋아서인지 목을 잡
　아 비틀어도 닭은 울지 않는다 펄펄 끓는 물에 목 없는 닭을 넣

135

었다 빼 무심하게 회전통에 던져 넣고 손님을 맞았다

털이 몽땅 뽑히기를 기다리는 시간

끈적한 바람이
산을 타고 불어온다

뒷장은 두툼한 백지 계약 같다

두툼한 것은 그냥 버리기는 아깝고
잔 받침으로나 써야겠다

-「뒷장」 전문

그때 받은 부고가 지금 생각해 보니 여기 이 '청첩장'
같다. 시인은 자신의 생애를 스스로 "핑크빛 진주 가루
가 섞였다 활짝 만개한 꽃나비는 좀 진부한가 색도 하
늘도 꽃은 하얗게 비어 있다 두 번 펼치고 본 뒷장도 비
어 있다 긴 이야기 한 편은 들어갈 여백"으로 노래하고
있지 않은가 싶다. 그리고 연을 바꾸어 "가장자리를 꽃
그림자가 붙들고"가 돌연 쓸쓸하다. 가다가 아쉬워 다
시 돌아보고 또 돌아보는 것 같다.
  그 생애 그 쓸쓸함을 배경으로 세상에는 사람의 소리

('자음과 모음', '웃음소리', '울음소리')와 '개가 짖'는 소리가 뒤섞이고….

　나는 그때 '복음 닭집 여자'와 같았다. 청첩장과 부고와 무관하고 싶었다. 부고를 받고도 일하러 갔다. '복음 닭집 여자'가 자연스럽게 닭을 잡듯이 닭을 잡고 손님을 맞이하듯이, 먼 데로 가서 정해진 대로 사람들을 만나고 회의를 하고 저녁을 먹고 그냥 무심하고자 했다. 일은 일사천리로 진행되었고 분위기는 화기애애했다. 그래서 "복음 닭집 여자는 인상이 좋다 인상이 좋아서인지 목을 잡아 비틀어도 닭은 울지 않는다"라는 구절이 그날의 나를 딱 짚어서 얘기하는 것처럼 들린다. 나는 "펄펄 끓는 물에 목 없는 닭을 넣었다 빼 무심하게 회전통에 던져 넣"은 셈이다. 그리고 "털이 몽땅 뽑히기를 기다리는 시간", 다른 일을 기다리는 것처럼 기다리고 있었다. 그래도 그럼에도 불구하고 먼 길을 다시 되짚어 나오는 동안, 산길을 운전하는 내내 "끈적한 바람이/산을 타고 불어"왔다. 여기까지가 시인이 나에게 전해준 이야기이고, 내가 이 핑계 저 핑계로 둘러댔던 나 자신도 납득이 되지 않고 갈팡질팡했던 나의 마음과 그 마음이 빚어낸 실제 장면이다.

　그래도 또 그럼에도 불구하고 시인은 나를 위해 우리를 위해 슬쩍 위로의 말을 남겨 주었다. "뒷장은 두툼한

백지 계약 같다//두툼한 것은 그냥 버리기는 아깝고/잔
받침으로나 써야겠다" 나는 이 마지막 두 연이 너무 고
맙다.

우린 같은 절망을 맞잡았네

김성철(시인)

피지 않은 꽃잎을 함께 열었던가?

아니면 핀 꽃잎의 수를 함께 세 보았던가?

꿈을 꾼 것 같기도 하고 꿈이 아닌 현실을 꾼 것 같기도 하고.

어쩌면 나는 당신을 만난 적이 있었던가?

하긴, 꽃은 피고 꽃은 지고 또 꽃은 피고 또 꽃은 지고

만난 적이 있었고 만난 적이 없었고 또 만난 적이 있었고, 우리는 그랬다.

어떤 날은 울분에 차 분노를 했으며 어떤 날은 처연한 잡풀에 웅크린 채 울었다.

울분을 그리며 글을 짓기도 했고 울음 모양을 따라 그리며 술을 짓기도 했다.

뿌연 것들을 헤집으며 한숨을 쉬는 모습을 보며 안쓰러웠다.

안쓰러움에 나도 뿌연 것들을 헤집었다.

뚜렷한 사물들이 뿌옇게 변했고, 또 뿌연 사물들이 다른 모양, 다른 색감으로 또렷해졌다.

의미가 없으나 의미가 있고 사연이 있으나 사연이 없는, 그 지긋지긋한 즐거움들, 그리고 간절한 절망들.

　고요가 쌓여 울음이 되는지

　올려다보는 하늘하늘 가지마다
　붉은 꽃입니다

　붉은 울음 팔월입니다

　오랜만에 소란한 생기가 울긋불긋
　맥문동수크렁여귀 따라서 붉고

　썩은 나무 그루터기까지 자궁 활짝 열고
　붉은 울음 왈칵왈칵 쏟아냅니다

　흔들흔들 강아지 꼬리에도 붉은 꽃잎 몇 개

〈

모든 붉음을 받아 안은 연못은

세상에 제일 큰 꽃을 피웠습니다

꽃잎 쪼아 먹으려는 물고기들 톡톡 몸을 날립니다

배가 불그죽죽 생명으로 꽉 차

새 울음 곧 터질 것 같습니다

풍경 소리도 붉디붉어

우리도 붉지 않으려야 않을 수 없는데

모두 떠난 뒤에도

환장하게 붉은 울음은 남아

마음 참 아련할 것 같습니다

- 시 「명옥헌」 전문

나는 손잡을 줄 몰라 손금을 지웠다.

당신도 어느 날 손금을 지웠다고 했다.

그리고는, 마구마구 불타올라 운명 없는 사람처럼 울
었다.

울음의 어원은 그리움 혹은 속없음, 그러므로 나는 동조하지 않은 타인처럼 타인 행세를 하며 타인이 되었다.

손금이 없으므로 우리는 운명이 없었다.

운명이 없으므로 내가 사랑하는 당신도 없었다.

우리는 맹목적이었다.

맹목적이었으니, 사물과의 관계는 돈독했다.

타인이었으나 타인이 멀어졌고 사물과 끊임없이 가까워졌다.

내가 타인이었으니 당신도 타인이었고 타인이니 모든 관계는 타인이었다.

사람이 아닌 사물에 말을 걸고 사물에 동요되어져 갔다.

치마를 들고 세탁소에 간다 겨울 동안 얼룩이 생겼다 옷에는 구겨서 쉽게 던져 버릴 수 없는 기억들이 많다 햇빛에 동그랗게 펼쳐지는 노란 나팔꽃 같은 치마를 세탁소 주인에게 내밀자 지울 수 없는 얼룩이라고 한다 치마보다 더 오래된 얼룩이라고 검은 글씨가 젖으면 붉은 글이 배어 나온다 거울 앞에 서서 내가 아닌 나를 볼 때가 있다 그 여자 웃을 때 웃음 밑에서 서늘하게 배어 나오던 얼룩 애써 시선을 비켜 외면하면서도 그

웃음이 좋았다 마음과 마음이 스쳐도 얼룩이 남는다 버리지도

입을 수도 없는 치마를 들고 와 다시 옷걸이에 걸었다

까옥,

빛나는 모든 것을 수집하는 까마귀처럼

- 시 「까마귀 장롱」 전문

어느 날, 하늘이 무너진 소리가 들렸다.

나는 피아노를 치지 못하고 고속도로를 타지 못하고 휘파람을 불지 못한다.

무너진 하늘을 등지고 나는 여전히 피아노를 치지 못했고 국도만 따라 2시간을 달렸고 휘파람을 여전히 불지 않았다.

나뒹구는 울음이 당신 시편처럼 정갈했고 어수선했고 가슴을 찢고 있었다.

막 육개장에 숟가락을 담그는 순간, 빨간 기름이 당신의 절망처럼 내 숟가락을 붙들고 있는 모습을 보았다.

그리곤, 당신과 내가 잡은 절망이

같은 방향이었음을

같은 재질이었음을

같은 무너짐이었음을

같은 처절함이었음을

그리고 같은

시간이었음을 깨달았다.

당신과 나, 참 이쁘게 절망이 짊어지고 있구나,

당신이여,

당신 절망,

영원하라.

오십 개의 붉은 잉걸

엄지인(시인)

유정, 당신을 생각하면 불잉걸이 떠오릅니다. 당신이 시에 그어준 밑줄은 뜨거웠습니다. 두 손으로 조심히 바람을 막고 호호 불면 꺼질듯한 마음도, 글도 다시 타올랐습니다. 그 불에 허름한 두 손을 쬐고 축축한 발을 보송하게 말렸습니다. 늦어버린 조급한 마음에도 다음을 말하고 내일을 상상할 수 있었습니다. 우리는 시를 쓰기 위해 만났지만 실은 감춘 마음이 들켜버려 시가 망하는 것도 괜찮았습니다. 나를 좋아하지 않지만 어쩐지 나 같은 사람은 좋았습니다 나 말고도 또 있다니 이상하고 웃기고 뚱땅거리다 서운해지고 휑뎅하다 다정하고 쓸쓸해지고 그러다가 흩어졌다 다시 모이고 아무리 시간이 가도 낡아지지 않는 시간이 있다는 것. 당신도 위안이 되었을까요. 한편으로는 희망을 잃고 나란히 서글퍼

145

지는 밤마저 더는 싸늘해지지 않게 서로의 알람이 되었으니까요.

　당신은 늘 안과 바깥을 돌보는 천사였습니다. 숲의 방랑자였고 텃밭의 거미와 나방과 까마귀, 그리고 물고기와 장미였습니다. 나는 당신의 멀구슬나무 해변과 수국이 피고 지는 마을에 앉아 시원하게 쪼개주는 수박을 얻어먹기도 했습니다. 지금도 당신이 뙤약볕에서 길어 올린 문장에 목을 적십니다. 나는 솔직한 당신이라는 세계에서 배운 것이 참 많습니다. 절망에 패배하지 않고 가슴을 여는 법, 연과 연 사이로 물이 흐르듯 지나가게 하는 법, 희망을 간절히 바라지만 가슴 쏟지 않는 법, 흘러가다 멈추는 법, 물러서서 바라보는 법. 시가 할 수 있는 일은 무력한 나를 알아가는 일이라고 여겼습니다. 좋은 시를 쓰면 좋은 삶을 살아가게 되는지 나는 아직도 모르겠습니다. 그러나 용서할 것을 용서하게 합니다. 용서하지 않아야 할 것을 용서하지 않는 용기를 갖게 합니다. 품어 안을 수 있고 또 물리칠 수 있는 치마의 폭이 조금 넓어졌을 때 그래서 무엇을 튕겨내고 무엇을 품어 안아야 할지 고민할 때 당신은 날개를 영원히 펼쳤습니다. 당신은 물질에서 완전히 벗어났습니다. 가끔은 가볍게 죽음을 빌려 와 묵직한 생활에 대해 쓰기도 했습니다. 밀물이 조금씩 모래를 파고들 듯 다가오는 운명을 모르면서 말입니다. 그날에도 당신은 죽음을 노래한 문장 아래 밑줄을 그었습니다. 분명, 자유롭다 말했습니다. 마지막까지 정면을 응시했고 당신만의 목소리를 미루지 않았고 에둘러 말하지 않았습니다. 그 무엇으로 옭아맬 수 없는 당신은 불꽃을 매단 힘찬 날개였습니다.

  지금도 펄럭입니다. 쓸모와 효용과 의미를 늘 고민하는 우리를 안아주며 나지막이 말합니다. 시를 쓰며 더욱 사랑했다고, 볼 수 없는 구석을 광장으로 이끌었고 그것은 슬프지만 아름답고 온당한 일이었다고, 당신은 심장과 심장이 닿아 반짝이는 오십 개의 섬광을 지상에서 지폈고 천상에서 밝혔습니다. 여기 그득하게 포용할 수 있으니 유정, 당신의 환한 미소가 너무 그립습니다. 기차는 지나갔고 그날 우리는 우연히 같은 칸에 탔고 창 너머 흰 구름을 손으로 가리켰는데 그러는 동안 너무 많은 여름이 지나갔습니다. 다시 겨울, 풍경을 기억하고 쓸 수 있는 손이 변덕스러운 낮과 밤에 얼어갈지도 모릅니다. 하지만 폐허에 눈을 피하지는 않을 것입니다. 당신이 붉은 날개를 펼치고 날아간 곳이 햇살 쪽인지는 모릅니다. 그러나 발밑의 그림자를 다 내달리려면 얼마나 많은 여름을 보내야 하는지는 어렴풋이 알 것 같습니다. 당신

이 쪼개준 수박 레시피를 자주 읊조려야 할지도 모릅니
다. 존재했다가 얼른 사라지는 맛, 눈서리처럼 차고 달
고 웃음이 새어 나오는 아릿한 맛을.

죽음도 끊어내지 못할 붉은 끈

이서영(시인)

유정이 화순 계소리에 산다, 살았다. 계소리 마을회관을 지나 골목을 따라 끝까지 가면 자동차 한 대를 겨우 돌릴 수 있는 곳이 있는데 거기 왼편에 유정의 집이 있다, 있었다. 유정이 거기서 풀을 맨다. 풀독이 올라 온몸이 벌겋게 되어서 입술이 퉁퉁 부어서 조금 관능적이 되어서…. 우리는 유정을 보고 웃는다. 풀 좀 그만 매라고, 시가 더 좋아지려면 풀을 그만 매야 한다고 풀에서 벗어나야 한다고 자주 말했지만 유정은 그래도 풀을 맨다. 아랑곳하지 않고 시를 쓴다. 매듭이 굵어진 유정의 작은 손, 나무의 눈을 가만히 쓰다듬는(「시간 공작소」) 손길, 유정의 온기가 그대로 느껴진다.

유정이 고추나무에 식초와 자리공과 소주를 섞어 뿌

린다. 벌레를 잡는 주간에는 온몸이 가렵다(「백수白峀에 월식」)고. 몸과 마음이 붉어진다고. 유정이 고춧가루를 빻아 한 봉지 가져다준다. 붉고 아리고 고운 것이 유정의 시의 빛깔 같다. 가끔 어린 호박을 따다 주기도 한다. 배춧잎 벌레를 일일이 잡아 퇴치하고 구멍이 숭숭 뚫린 배추를 뽑아다 주기도 하고 양파와 당근 뭐든 손수 키운 것을 나눠주고 유정이 웃는다. 마당에 단감이 달랑 두 개 열렸다고. 단감 두 개를 가져와서 이제는 감 잡아야 한다고 서로가 서로에게 감을 밀어준다. 유정은 몇 평 안 되는 텃밭에서 오래 머물렀는데 그중 어떤 것들이 유정의 시에서 작고 아프고 슬픈 것(「유리나방의 집」)들로 다시 살아난다.

유정이 먼 산을 바라본다. 유정이 마루에 앉아 뻐꾸기 소리를 듣는다. 유정이 다육이들을 키우고 매발톱꽃을 키우고 캐모마일을 키우고 가끔 씨(「목화밭 검은 별」)를 받아서 자 여기 잘 써 봐, 건네준다. 유정이 영감의 씨앗을 나눠준다. 시의 뮤즈가 있다면 내겐 유정이었던가? 나는 냉큼 잘 받는다. 유정에게 등단에 대한 조바심이 왜 없었겠는가. 그런데도 마음 붙잡으려 더 단단해지려 유정이 노력한다. 유정이 점점 고독해진다. 시에서도 유정 자신에게도 유정이 화순에서 광주로 거의 매일 넘어온다. 전화를 걸어 어디예요? 물으면 양림동 사직도서관 무등도서관 전일 245 카페 거기 어디 중 한 곳에서 책을 읽고 영화(「눈은 희고 장미는 붉고」)를 보고 시를 쓴다. 초등학교에서 코로나 등 자원봉사를 할 때 외에는 대부분 도서관에 있다. 유정이 아마 학교에서 천사를 만났던 것 같다. 천사의 체온을 재기 위해 너무 작아서 기분이 좋았(「괜찮아! 날개가 있으니까」)던 손을 잡았을 것이다. 학교가 아니라면, 화순에서 풀을 매든지 아니면 광주극장 아니면 남광주 시장(「수렵 생활」)에서

봄엔 조대 장미원, 거기서 유정이 「장미와 물고기」를 쓰고. 장미와 물고기를 처음 보여 주던 날, 나는 유정을 화순까지 차에 태워 모셔다드린다. 시가 너무 좋아 우리 유정 시인님 댁에까지 안전하게 모셔다드리고 싶다고. 시속 30킬로를 유지하며 소태역을 지나 화순 터널을 지나 고가 밑을 지나 학교 앞을 지나 계소리 마을회관 앞까지. 유정과 함께 가는 그 시간이 아까워 천천히 아주 천천히 차를 운전해 간다. 나는 유정의 「장미와 물고기」를 아프게 사랑한다.

물고기는 시들지 않아

그냥 사라지지

- 「장미와 물고기」 부분

유정이 떠난 바로 전날 우리는 남광주 시장 근처에서
시모임을 갖는다. 그날도 우린 공차에서 공부를 하고 시
에 대해 어떤 죽음에 대해서 오래 이야기한다. 국밥집에
서 순대 한 접시 국밥 한 그릇 소주 한 병을 나눠 마신
다. 이상하네 여기가 답답하네? 유정이 오른손으로 왼쪽
가슴 쪽을 두드린다. 나는 유정의 어깨를 주물러 준다.
등 쪽을 두드리고 두드리지만. 왜 그러지? 왜 그러지? 왜
그랬지? 왜? 왜? 왜?

네가 마음을 잡고/놓지 않으니//죽음도 끊어내지 못할/붉은
끈 하나//한끝은 내 목에 두르고/한끝은 내 허리춤에 붙들어
매고//우리 흔들리는 사랑이라도//저 불 건너 다시 만나자

- 「백자 철화끈무늬 병」 부분

유정의 시에 대한 마음이 어디까지 가 있는지 나는 모
르겠다고 생각한다. 어쩌면 따라갈 수 없겠다고. 부럽고
안타까운 마음으로 그저 바라보기만 한다. 어디로 사라
져 버릴 것만 같아, 그런데 그런데 유정이 갔다.

"괜찮아! 날개가 있으니까" 정말? 그래 날개가 있으니, 유정은 괜찮을 것이다. 잘 갔을 것이다. 어느 평범한 날 유정이 꿈에 나타나 내 시 좀 읽어 줘, 투정도 부리며 가끔 지상까지 내려와 남광주 시장까지 내려와 우린 순대 한 접시 국밥 한 그릇 소주 한 병을 나눠마시고 서럽고 아쉬운 마음 다 풀고 안녕 잘 가, 그렇게 또 볼 것처럼 손을 흔들 것이다.

유정이 날개를 편다.

상상인 시선 *056*

괜찮아! 날개가 있으니까

지은이 이유정

초판인쇄 2025년 1월 8일 **초판발행** 2025년 1월 15일

펴낸곳 도서출판 상상인 **편집주간** 황정산 **펴낸이** 진혜진

표지디자인 최혜원 **기획·마케팅** 전은빈 최유림 노혜림 정현수

책임교정 길상화 **편집** 세종PNP

등록번호 제572-96-00959호 **등록일자** 2019년 6월 25일

주소 06621 서울시 서초구 서초대로74길 29, 904호

전화번호 02-747-1367, 010-7371-1871

팩스 02-747-1877 **전자우편** ssaangin@hanmail.net

ISBN   979-11-93093-83-2 (03810)

값 12,000원